Birgit Gabler ● Katzen –
(B)engel mit Schnurrhaaren

Bibliografische Information der Deutschen Bibliothek

Die Deutsche Nationalbibliothek verzeichnet diese
Publikation in der Deutschen Nationalbibliografie;
detaillierte bibliografische Daten sind im Internet über
dnb.d-nb.de abrufbar.

Copyright © 2009 by Birgit Gabler
Herstellung und Verlag:
Books on Demand GmbH, Norderstedt
ISBN 978-3-8391-0485-9

Birgit Gabler

Katzen – (B)engel mit Schnurrhaaren

Lustige Geschichten
aus einer Katzen-Mensch-WG

Die Katze ist ein Tier, das von Haaren umgeben ist. Sie hat vier Beine, vorne zwei zum Laufen und hinten zwei zum Bremsen. Sie fängt an mit dem Kopf und hört auf mit dem Schwanz, der hinter dem Körper kommt.

Schülerweisheit

Vorwort

Vielleicht darf ich mich erst einmal kurz vorstellen. Ich heiße Birgit Gabler, bin 35 Jahre alt und lebe in München. Seit ich denken kann, lebe ich mit Katzen zusammen und ich kann es mir auch gar nicht mehr ohne die schnurrenden Engel vorstellen.

Egal ob ich mich einsam fühle oder traurig bin, die Stubentiger schaffen es immer mich zum lachen zu bringen und mir die Liebe und Geborgenheit zurückzugeben, die ich ihnen gebe.

Egal wie müde ich morgens bin nach dem Aufstehen, meine Katzen zaubern mir jeden Morgen ein Lächeln in mein zerknittertes, verschlafenes Gesicht.

Das Zusammenleben mit Katzen macht einfach glücklich und ich kann nur jedem raten, der noch keine hat, es einmal auszuprobieren. Ich versichere Euch: Ihr werdet nie wieder ohne Samtpfote leben wollen!

Inhaltsverzeichnis

1. Katzenbücher gibt es viele

Katzenbücher gibt es viele. Aber meiner Meinung nach kann es nicht genug geben. Ich gehe da mal von mir aus: Ich liebe Katzen, kann mir ein Leben ohne die schnurrenden Fellnasen einfach nicht mehr vorstellen. Stunden habe ich schon im Internet verbracht, um mir immer wieder neue Katzenbücher zu bestellen und gemütlich auf der Couch bei einer Tasse heißer Schokolade zu verschlingen.

Da kam mir eines Tages DIE Idee. Warum nicht einmal ein eigenes kleines Katzenbuch schreiben, wo ich doch schon so viel mit meinen geliebten Stubentigern erlebt habe?

Gesagt, getan. Ich wünsche Euch ganz viel Spaß beim Lesen.

2. Hauptdarsteller des Buches

Bärli hat mich 17 Jahre meines Lebens begleitet und ist im April 2008 über die Regenbrücke gegangen.

Ronja (links) und Mikesch (rechts) sind im Mai 2008 bei mir eingezogen.

3. Katzenmenschen und Hundemenschen

Es gibt Katzenmenschen und Hundemenschen. Ich war und bin eindeutig ein Katzenmensch. Ich mag Hunde, keine Frage. Aber bei mir in der Wohnung und in meinem Leben würde keiner in Frage kommen. Jeder Katzenliebhaber kann mir sicher bestätigen, dass der Charakter einer Katze dem der Menschen sehr ähnlich ist. Sie sind selbständig und haben ihren eigenen Kopf. Sie sind nicht so „treudoof" wie Hunde, die auf Befehle wie „Sitz, Platz, mach Männchen oder hol Stöckchen" reagieren. Würden wir Menschen ja auch nie machen, oder?

Außerdem sind Katzen kuscheliger, sabbern nicht, hecheln nicht, stinken nicht (außer sie haben gerade ihr „Geschäft" erledigt), kosten keine Steuer und man muß nicht bei jedem Wetter und zu den unmöglichsten Uhrzeiten Gassigehen.

Hunde kommen her,

wenn sie gerufen werden.

Katzen nehmen es zur Kenntnis

und kommen gelegentlich darauf zurück.

(Mary Bly)

Katzen sind schlauer als Hunde.

Du wirst niemals acht Katzen dazu bringen,

einen Schlitten durch den Schnee zu zie-
hen.

(Jeff Valdez)

4. Was braucht die Katze und auf was muß ich mich einstellen?

Um eine Katze glücklich zu machen, braucht es nicht viel; eine gewisse Grundausstattung (dazu noch später) und viel Liebe. Jedoch sollte man sich informieren und Gedanken machen bevor man ein oder mehrere Stubentiger bei sich einziehen lässt und sich folgende Fragen stellen:

Bin ich bereit

- meine Wohnung „katzensicher" einzurichten?
- regelmäßig Katzenstreu an den Füßen kleben zu haben?
- alle zwei Tage staubzusaugen, weil das Katzenstreu in der ganzen Wohnung verteilt ist?
- sein Leben zu riskieren, wenn man vom Wohnzimmer durch den dunklen Gang in die Küche will und man über die Katzen fällt, die

einem liebend gerne vor die Füße laufen? (Man könnte aber auch das Licht anmachen…)

- geduldig zu sein, wenn man sich die Zähne putzen will, aber eine Katze im Waschbecken sitzt und ganz und gar nicht kapiert, warum sie jetzt da raus soll?

- den Tag am Wochenende um spätestens 8 Uhr zu beginnen weil die kleinen Racker vor der Tür stehen und sich lautstark bemerkbar machen, daß sie jetzt aber dann endlich was Leckeres fressen wollen?

- Risse und Löcher im Vorhang zu haben?

- gekochte Nudeln unter der Couch zu finden

- regelmäßig zerrupfte Klopapierberge im Bad aufzuräumen

- beim Entfernen der Häufchen aus dem Katzenklo nur noch durch den Mund atmen zu können

-   Katzenhaare auf sämtlichen Kleidungsstü-
    cken, Möbeln, Gegenständen und manchmal
    auch im Essen wiederzufinden

5. Grundaustattung

Grundausstattung:

- Katzenklo (pro Katze 1 Stück). Ich habe zwei Katzen und zwei Klos, anders würde es gar nicht gehen, weil die beiden liebend gerne zur gleichen Zeit ihr Geschäft verrichten.
- Fressnäpfe (hab glaub ich mindestens 10 Stück, ... manchmal übertreibe ich ein bisschen)
- Kratzbaum (Mikesch kratzt trotzdem nicht am Kratzbaum, sondern nur draußen an zwei Holzstämmen...und manchmal an der Couch)
- Spielzeug (Fellmäuse, Rascheltunnel, Schnüre, Bälle...das meiste Spielzeug suchen sich die Katzen sowieso selber aus)
- Bürste (nicht so beliebt aber notwendig)
- Katzennetz (wenn man einen Balkon oder eine Terrasse hat)
- Transporttasche

6. Abschied und Neubeginn

Wie schon vorher kurz erwähnt ist Bärli im April 2008 über die Regenbogenbrücke gegangen. Sie hat in den letzten Wochen ihres Lebens wahnsinnig abgebaut, an Gewicht, an Energie und an Lebensfreude. Sie hatte keine Kraft mehr und schweren Herzens habe ich damals den Tierarzt angerufen und ihm mitgeteilt, dass ich meinen Schatz erlösen will.

Ich hatte zwei Stunden Zeit mich zu verabschieden und ob Ihr es glaubt oder nicht: Bärli hat es gewusst, dass sie gleich gehen wird. Es kam mir so vor wie bei einem Menschen, der gerade erfahren hat, dass er nur noch zwei Stunden zu leben hat und der die ihm verbleibende Zeit voll und ganz auskostet. Es war faszinierend. Sie hat noch einen Spaziergang auf der Terrasse gemacht, hat noch gefressen und getrunken, ist die ganze Wohnung abgegangen, noch mal ins Klo, wieder auf die Couch, um zu kuscheln. Es kam mir vor wie eine Verabschiedungszeremonie. Als der Tierarzt dann kam und die Spritze setzte, bin ich heulend zusammengebrochen. Aber es hat nicht lange gedauert und Bärli ist friedlich eingeschlafen. Ich hab sie noch eine Zeit liegen lassen und dann in eine Schachtel gebettet, die ich vorher mit einem Foto von ihr beklebt hatte. Sie lag eingerollt in der Schachtel und sah so friedlich aus, als würde sie schlafen. Ich habe ihr noch zwei wunderschöne Rosen dazugelegt und bin dann mit meiner Mama in den Garten gefahren und wir haben Bärli begraben. Ich bin meiner Mama wahnsinnig dankbar, dass sie mich in diesen schweren Stunden nicht alleine gelassen hat und mich unterstützt und begleitet hat.

Ja und dann war es auf einmal gespenstisch ruhig in meiner Wohnung. Schon nach ein paar Tagen habe ich es nicht mehr ausgehalten und habe angefangen in Zeitungen und im Internet nach potenziellen neuen Mitbewohnern zu suchen. Ich war schon nach einigen Tagen einfach nur traurig denn: ES GAB KEINE BABYKATZEN!!! Ich konnte es kaum glauben aber ich habe nichts gefunden.

Eine Freundin hat mitbekommen, dass ich schon ganz verzweifelt war und hat mir förmlich das Leben gerettet. Ihr Freund ist Bauer und auf seinem

Bauernhof waren Katzenbabies auf die Welt gekommen, ein schwarzes und ein getigertes.

Als sie vier Wochen alt waren bin ich mit einer Freundin und einem Freund zu dem Bauernhof gefahren, um mir die Kleinen anzuschauen. Ich war sofort verliebt und konnte den Einzug der beiden gar nicht mehr erwarten.

Leider waren sie sehr krank, als ich sie weitere sechs Wochen später abholte. Sie hatten Katzenschnupfen und die nächsten Wochen wurden eine finanzielle und seelische Belastung für mich, denn der Tierarzt konnte mir keine Garantie dafür geben, daß meine neuen Mitbewohner die Krankheit überleben würden.

Aber sie haben es dank unzähliger Spritzen, Tropfen und Salben geschafft und sind mittlerweile über ein Jahr alt. (Naja sonst würde es das Buch vermutlich auch gar nicht geben.)

7. Bauernhofkatzen stubenrein bekommen

Im Mai sind die Mädels dann bei mir eingezogen. Ich kann Euch sagen, das war ein aufregender Tag. Natürlich haben sie erstmal die Wohnung erkundet und alles beschnuppert. Ich hab die Kleinen dann immer und immer wieder in ein Katzenklo gesetzt, die Pfötchen genommen und im Katzenstreu damit gescharrt. Die müssen sich nach einiger Zeit wirklich gedacht haben „Was um alles in der Welt tut die da?". Aber Katzen sind schlau und haben gleich kapiert was Sache ist, nur: Sie mussten eben erstmal nicht aufs Klo.

Als ich schon gar nicht mehr damit gerechnet habe, hörte ich auf einmal in aufgeregtem Flüsterton meine Mama aus dem Bad rufen:"Biiiiirgiiiit! Sie piiiiinkelt!". Und dann standen wir beide da und haben uns gefreut wie die Irren dass Mikesch pinkelt. Seitdem sind beide absolut stubenrein, naja bis auf einen winzigen Zwischenfall (dazu aber später).

Ronja kurz nach dem Einzug

Mikesch hat sich gleich wie zu Hause gefühlt

8. Die Sache mit dem Zelt

Aus einem meiner Kanada-Urlaube habe ich einmal ein Katzen-Indianerzelt für Bärli mitgebracht. Es wurde eines ihrer Lieblings-Schlafplätze. Sie liebte es. Vielleicht war es aber auch das Gefühl, eine Indianer-Katze zu sein?

Mal sehn ob ich ein Foto finde……Jaaa, hier hab ich eins:

Naja was soll ich sagen? Ronja und Mikesch wollten ganz und gar keine Indianer-Katzen sein. Ronja hat das Zelt immer wieder umgeworfen und Mikesch, ja Mikesch hat hineingepinkelt. (Das Foto eine Seite vorher habe ich ungefähr eine Stunde vor dem kleinen Zwischenfall gemacht. „Ui, haben wir hier viele Klos zur Auswahl, zwei mit Steinchen und eins mit Decke und alle haben ein tolles Dach drüber",… das hat sie sich wohl gedacht. Das Zelt habe ich gewaschen und es liegt seitdem im Schrank.

Die Menschheit lässt sich grob in

zwei Gruppen einteilen:

in Katzenliebhaber und

in vom Leben Benachteiligte.

(Francesco Petrarca)

9. Schlafplätze

Katzen haben immer wieder wechselnde „Lieb-
lingsschlafplatz-Phasen". Ist es diese Woche die
Couch, ist es nächste Woche das Fensterbrett, über-
nächste Woche der Schrank und die Woche darauf
meine Turnschuhe. Ihr glaubt mir nicht? Hier der
Beweis:

Auch sehr beliebt für ein Nickerchen sind der Küchentisch (zwischen dem Katzenfutter), das Waschbecken, die Badewanne, das im Bad verteilte und zerrupfte Klopapier, die andere Katze, mein Bauch, mein Po, meine Brust und meine Plüschhausschuhe. Katzen lieben eben die Abwechslung, also meine zumindest.

10. Sicherheit muß sein

Ich wohne im 1. Stock eines Hochhauses und habe eine 80 qm große Terrasse. Damit meine Zwei nicht irgendwann auf die Idee kommen, die Brüstung entlangzubalancieren und dann das Gleichgewicht verlieren und hinunterstürzen habe ich tief in den Geldbeutel gegriffen und ein Katzennetz im Internet bestellt.

Ich glaube mir war vorher nicht so ganz klar, wie groß 80 qm wirklich sind, vor allem wenn man um die Terrasse herum ein Netz spannen will

Es war ein Sonntag und es hatte gefühlte 30°. Ich hatte so 4 Stunden eingeplant für die Vernetzung. PUSTEKUCHEN! 8 Stunden später und unter Einsatz meines Lebens war das Katzennetz fertig.

Jetzt fragt Ihr Euch sicherlich, warum unter Einsatz meines Lebens? Ich bin ungelogen mindestens fünf

Mal mit meinen Zehen im Netz hängengeblieben, bin mindestens dreimal über die Katzen gestolpert, die sich im Netz eingewickelt hatten, hatte einen fürchterlichen Sonnenbrand im Gesicht und auf den Schultern und Blasen an den Händen.

11. Der erste Winter

Der erste Winter in einem Katzenleben ist immer sehr aufregend und faszinierend.

Als im Winter 2008 die ersten Schneeflocken fielen, beobachteten Ronja und Mikesch das Geschehen zuerst äußerst skeptisch, bevor sie den Gang nach draußen wagten.

Ronja (wer sonst?) war die erste, die sich der Herausforderung stellte und versuchte die Schneeflocken mit ihren Pfoten zu fangen (sah eher aus wie „Katzenboxen"). Als sie auch noch versuchte nach den Flocken zu „schnappen", konnte ich mir das Lachen nicht mehr verkneifen. Es sah aber auch wirklich lustig aus. Was sie sich wohl bei der ersten Begegnung mit den kalten, nassen Schneeflocken dachte? „Boah, so viele weiße Fliegen! Jaaaaa Beute!!! Aber warum verdammt sind die Dinger so kalt und nass? Naja und schmecken tun sie irgendwie auch nicht."

Als der Schnee dann liegenblieb, hatten meine zwei Miezen nichts Besseres im Sinn, als die Terrasse als „Riesenkatzenklo" umzufunktionieren. Ihr könnt Euch sicher vorstellen, wie das ausgesehen hat, als der Schnee wieder geschmolzen ist? Viele, viele „Häufchen" schmückten meine Terrasse und meine zwei Samtpfötchen beobachteten mich grinsend, wie ich diese wieder beseitigte.

Es macht übrigens einen Riesenspaß, Katzen mit Schnee zu bewerfen und ihnen dabei zuzusehen, wie sie sich schütteln und in einem Affenzahn zurück in die Wohnung rennen. Hihi! ☺

12. Die Sache mit der Zahnreinigung

Wie jeder normale Mensch, putze ich mir morgens und abends die Zähne. Ist ja nichts Besonderes werdet Ihr Euch jetzt denken. Nein ist es auch nicht mehr, denn inzwischen hab ich mich an die morgendliche Zeremonie im Bad gewöhnt.

Ich bin nur froh, dass mich keiner dabei sehen kann. Ihr müßt Euch das so vorstellen. Ronja sitzt direkt am Waschbeckenrand (manchmal auch im Waschbecken) und Mikesch drückt sich zwischen meine Beine unter das Handtuch, das ich um meine Hüften gewickelt habe. So stehe ich also Morgen für Morgen breitbeinig vor dem Waschbecken und versuche den wenigen Platz, der mir vom Waschbecken bleibt, zu nutzen. Könnt Ihr Euch das ungefähr bildlich vorstellen? Hört auf zu lachen!

Ich muss gestehen, daß ich nach nunmehr mehreren Monaten immer noch jeden Morgen über mich

selber lache. Ich könnte die Katzen ja auch einfach immer wieder hinausscheuchen aber ich mache den Spaß jeden Morgen mit. Ist ja auch eine tolle Sache, schon morgens so viel lachen zu können.

Hunde kommen her, wenn sie

gerufen werden.

Katzen nehmen es zur Kenntnis

und kommen gelegentlich darauf

zurück.

(Mary Bly)

13. Terrassentür, Fenster und Vitrine

Kaum eine Woche bei mir eingezogen konnte Mikesch seine Neugierde nicht mehr zügeln und wollte in die Vitrine hüpfen um sie zu erkunden. Ganz normal, Katzen sind ja neugierig, sagt Ihr? Das Problem an der Sache war nur, dass Mikesch zum Sprung angesetzt hat und mit voller Wucht mit dem Kopf gegen die Vitrine gesprungen ist. Aua.....

Ich habe eine 80 qm große Terrasse. Genug Platz für die kleinen Raubtiere, um zu toben, zu spielen und zu jagen. Und da es im Winter kalt ist, habe ich logischerweise Fenster und Türe geschlossen. Katzen draußen, ich drinnen, Fenster zu, Türe zu.

Bärli hat sich dann immer „gemeldet" wenn sie wieder ins Warme wollte, entweder am Fenster oder in der Küche an der Terrassentür, je nachdem wo ich mich gerade aufgehalten habe.

Mit Ronja und Mikesch bin ich noch am Üben. Eigentlich klappt es schon ganz gut. Zwischendurch schrecke ich jedoch immer wieder hoch weil es auf einmal „Rummms" macht und eine der beiden wieder nicht gesehen hat, daß das Fenster eigentlich geschlossen ist und nicht offen. Ich überlege nun ernsthaft schwarze „Katzenaufkleber" an die Fenster und Terrassentüre zu kleben. Ihr kennt doch sicherlich diese schwarzen Vögel, die man auf Fenster kleben kann, damit keine Vögel dagegen fliegen? Das müßte klappen.

14. Der menschliche Türöffner

Ja wie gesagt, im Prinzip klappt das schon ganz gut mit dem „Melden". Manchmal komme ich mir jedoch vor wie ein „Türöffner". Ihr müsst Euch das so vorstellen:

Ronja und Mikesch draußen

2 Minuten später:
Ronja „meldet" sich und will rein, Tür auf, Ronja rein

2 Minuten später:
Ronja will wieder raus und Mikesch will rein, Tür auf, Ronja raus, Mikesch rein

2 Minuten später:
Mikesch will wieder raus, Tür auf, Mikesch raus

2 Minuten später:
Mikesch „meldet" sich und deutet an reinzuwollen, will aber gar nicht rein, Tür umsonst aufgemacht

<u>2 Minuten später:</u>
Ronja „meldet" sich, Tür auf, Ronja „lacht" und
rennt in einem Affenzahn weg und man hört sie von
Weitem schreien „Verarscht!"

Glaubt mir: Man kommt sich oft vor wie ein Por-
tier. Nicht umsonst heißt es „Hunde haben ein
Herrchen, Katzen haben Personal". Genauso ist es.

15. Das Hosenhüpfen

Ihr fragt Euch sicher „Was um alles in der Welt ist Hosenhüpfen"? Ich muss gestehen bis vor ein paar Wochen kannte ich das Spiel auch noch nicht.

Ich lernte es kennen, als ich eines Morgens noch etwas verschlafen die Toilette aufsuchte um mein „tägliches Geschäft" zu verrichten. So saß ich also auf der Toilette mit halb heruntergelassener Jogginghose, als Ronja das Bad betrat, sich vor mich hinsetzte und ich bemerkte, wie ihre Pupillen immer größer wurden.

Plötzlich setzte sie zum Sprung an und landete gezielt kopfüber in meiner Hose. Ich musste schallend lachen und als sie mich da so aus meiner Hose heraus ansah, konnte ich gar nicht mehr aufhören zu lachen.

Aber das Spiel war noch nicht zu Ende. Ronja zwängte sich nun von der Mitte der Hose ins linke

Hosenbein bis ihr Köpfchen irgendwann unten am Hosenbein herausschaute. Ich würde Euch gern ein Foto zeigen, aber leider habe ich normalerweise keinen Fotoapparat auf der Toilette dabei. Es war jedenfalls ein Bild für Götter und wahrscheinlich habe ich durch mein Lachen sämtliche Nachbarn aufgeweckt.

16. Ronja, neugierig und furchtlos

Ronja hüpft aber nicht nur gern in Hosen, nein sie hüpft eigentlich in alles in das man hüpfen kann. Egal ob Kartons, Tüten oder Taschen, Ronja will alles erforschen und ausprobieren. Am liebsten ist ihr die Einkaufstasche meiner Mutter:

Ich glaube ich habe noch nie so eine neugierige Katze gesehen.

Alle Katzen, die ich kenne, haben Angst vor dem Staubsauger, nicht so Ronja. Sobald ich den Staubsauger anschalte rennt Ronja, egal wo sie gerade ist direkt auf den Staubsauger zu und sitzt ihm dann von Angesicht zu Angesicht gegenüber. Ich glaube sie mag ihn, vielleicht weil sie sich denkt „Oh, da ist wieder das Ding, das diese Körnchen wegsaugt, die in unserer Toilette liegen und die wir immer so schön überall in der Wohnung verteilen.".

Mikesch hingegen ist über alle Berge und nicht mehr auffindbar, sobald der Staubsauger läuft.

68

17. Katzenhaare

An Katzenhaare sollte man sich gewöhnen, wenn man Katzen hat, denn sie fliegen und liegen überall in der Wohnung herum, selbst in den Zimmern, in die die Katzen keinen Zutritt haben.

Ich habe es mir angewohnt, meine „Katzenklamotten" anzuziehen, sobald ich nach der Arbeit die Wohnung betrete. Aber Katzenhaare „fliegen auf mich" und das aus sämtlichen versteckten Winkeln der Wohnung. Wie Zecken warten sie nur darauf, sich auf mir und meinen frisch angezogenen Klamotten zu positionieren.

Man findet Katzenhaare überall: Im Essen, in der Nase, im Auge, in der Badewanne, im Waschbecken, am Boden, auf dem Tisch…eben überall. Auf den Tisch dürfen die beiden ja ganz und gar nicht und das tun sie auch nicht wenn ich in der Nähe bin. Aber wenn ich nach Hause komme, sind Katzenhaare auf dem Tisch und Kugelschreiber, Feuer-

zeuge, Zeitschriften und die Kerzen liegen am Boden. Soviel zur Katzenerziehung…

Naja ohne Kleberolle geht's gar nicht mehr, vor allem weil Mikesch nachts immer meine schwarze Jacke von der Garderobe zieht und sich drauflegt. Die muss ganz schön bequem sein… Aber inzwischen habe ich mich daran gewöhnt, die Jacke dreimal in der Woche von dem Katzenpelz zu befreien.

Katzenhaare liegen auch in Form von Erbrochenem im Flur und ich kann schon gar nicht mehr zählen, wie oft ich im Dunkeln reingetreten bin.

18. Die Pinwand

Ihr kennt sicher diese ganz altmodischen Pinwände, auf der man mit so kleinen „Spickern" wichtige Notizen, Adressen und Fotos usw. befestigen kann. Heutzutage verwendet man ja eher Magnetwände, aber ich hatte noch so eine altmodische Pinwand im Flur hängen, mit der ich immer sehr zufrieden war. WAR wohlgemerkt.

Ich weiß nicht genau wann Ronja entdeckte, dass diese kleinen bunten Spicker das ultimative, weltbeste Spielzeug sind. Es fing ja auch erstmal ganz harmlos an. Ich glaube es war an einem Samstag, als ich Ronja mit einem weißen Dings in ihrem Maul in der Wohnung rumfetzen sah. Ich musste zuerst lachen weil es aussah, als hätte sie einen Schnuller im Maul. Als ich entdeckte, dass es ein Spicker meiner Pinwand war, musste ich zuerst auch noch lachen. Ich nahm ihn ihr weg und heftete ihn zurück an meine Pinwand. Muß wohl heruntergefallen sein, dachte ich mir.

In den folgenden Tagen lagen die Spicker überall herum, ebenso wie meine ganzen Notizen, Fotos, Adressen und Visitenkarten, die sich vorher noch AUF meiner Pinwand befanden.

Da ich die genaue Anzahl der Spicker nicht wusste, machte ich mich robbend auf die Suche durch die gesamte Wohnung und sammelte die Spicker wieder ein. Die Angst war doch zu groß so ein Ding mal IN meiner Fußsohle wiederzufinden. Aua!

Als ich alle eingesammelt hatte, war ich erleichtert, Ronja traurig und die Pinwand im Keller.

19. Tatort Bad

Ja mein Bad kann ich aufräumen, so oft ich will. Wenn ich morgens zur Arbeit gehe, ist alles noch schön aufgeräumt und sauber aber wenn ich nachmittags wieder komme, sieht es aus wie auf einem Schlachtfeld. Katzenhaare und Katzenstreu liegen im Waschbecken und in der Badewanne, alle Handtücher sind auf dem Boden verteilt (zweimal habe ich ein Handtuch auch schon im Flur aufgesammelt) und Klopapier liegt zerfetzt am Boden.

Der Duschvorhang hat schon einige kleine Löcher und schon manches Mal stand die Katzentoilette nicht mehr in der Ecke, sondern in der Mitte des Raumes (möchte mal wissen, wie die zwei das machen?!).

20. Wenn Mikesch ihr „Geschäft" ver-richtet

Wenn Mikesch mal muß ist das jedes Mal aufs Neue ein wahres Schauspiel. Dabei spielt es keine Rolle ob es sich um ein kleines oder ein großes Geschäft handelt.

Ich nenne das auch oft „Mikesch-Kino", denn wenn ich bemerke, dass Mikesch sich auf den Weg zum Katzenklo macht dann renne ich hinterher und mache es mir im vor der Tür im Schneidersitz bequem und muß einfach nur lachen.

Mikesch steigt also ins Katzenklo, wobei die optimale Position immer eine andere ist. Mal steht sie mit allen vier Pfoten im Klo, mal nur mit drei oder ab und zu auch nur mit zwei Pfoten. Bevor es aber so richtig losgeht, beginnt sie zu scharren und zu scharren. Sie scharrt das Streu von der einen Ecke zur anderen und wieder zur gegenüberliegenden. Ja so ein „Geschäft" muß optimal vorbereitet werden und die Vorbereitung kann dauern. Ist es dann endlich soweit, dass die optimalste Position des

Katzenstreus und die optimale „Standposition" gewählt ist, kann's losgehen. Daß das „Geschäft am Laufen" ist merkt man immer an ihrem Gesichtsausdruck. Ich kann es zwar nicht so genau beschreiben, aber der ändert sich.

Nach verrichtetem Geschäft beginnt die „Nacharbeit", die meistens noch mehr Zeit in Anspruch nimmt als die Vorbereitung. Es wird gescharrt und gescharrt. Sogar an der Decke des Katzenklos, sowie an der Seite des Katzenklos und auch ganz häufig VOR dem Katzenklo. Ich sag's ja, ein wahres Schauspiel. Mikesch verlässt das Katzenklo und man meint, dass sie nun endlich komplett fertig ist…Pustekuchen. Sie dreht um, steigt mit den zwei Vorderpfoten erneut in das Katzenklo, wobei sie mit einer Pfote wieder zu scharren beginnt, …die Hinterpfoten stehen dabei draußen vor dem Katzenklo. Also ich hoffe, Ihr könnt Euch das alle bildlich vorstellen.

Wenn man sich mit der Katze

einlässt, riskiert man lediglich,

bereichert zu werden.

(Sidonie-Gabriell Colette)

21. Die Raubtierfütterung

Ihr werdet denken, daß ich spinne, wenn ich Euch sage, daß ich zur täglichen „Raubtierfütterung" am liebsten Beinschoner tragen würde.

Ich muß wohl noch kurz erwähnen, daß Ronja liebend gerne ihren eigenen Schwanz fängt aber fast noch viel lieber den Schwanz von Mikesch.

Mikesch ist bei der täglichen „Fütterung" immer so aufgeregt und voller Freude, und das zeigt sie mir dadurch, indem sie an meinen Beinen hin- und herschmust (wobei ihr Schwanz natürlich auch schön an meinen Beinen hin- und herstreift). Ronja denkt sich in dem Moment wohl nur noch „Aaaaangrii-iiffff". Und wo denkt Ihr daß Ihre Krallen landen? Richtig! An meinem Bein. Wenn ich dann lauthals „Aua!" schreie, schauen mich meine Beiden nur ganz komisch und verständnislos an. Man hat es eben nicht immer leicht als Mensch in einer Katzen-WG.

Inzwischen habe ich eine zwar etwas seltsame aber doch wirkungsvolle Lösung gefunden. Ich hüpfe, während ich das Futter zubereite von einem auf das andere Bein. Mikesch zieht es dann vor, mich anstatt an meinen Beinen hin- und herzuschmusen skeptisch zu beobachten.

Fazit: Kein Schwanz an meinen Beinen, kein Angriff durch Ronja und somit keine Krallen in meinem Bein. Problem gelöst. ☺ (Gott sei Dank sieht mich dabei keiner!)

Eine Katze will gern dein Freund

sein, wenn du dessen würdig bist,

aber nie dein Sklave.

(Théophile Gautier)

22. Ein „tierischer" Fensterputzer

Vor ein paar Wochen, es war ein Sonntag, hatte es schon der Wetterbericht vorausgesagt: Es sollte ein starkes Gewitter mit Starkregen und Hagel kommen. Und so kam es auch. Der Himmel wurde schwarz, und es begann zu donnern, blitzen und zu regnen. Ronja und Mikesch bevorzugten es, im Wohnzimmer zu bleiben. Es war ein Bild für Götter, als es so stark zu hageln begann und Ronja, Mikesch und ich dicht gedrängt am Wohnzimmerfenster saßen, und das Geschehen draußen beobachteten.

Als das Gewitter nachgelassen hatte, habe ich den beiden wieder die Terrassentür geöffnet (Ihr erinnert Euch? Der menschliche Türöffner eben ...). Mikesch beobachtete die restlichen Regentropfen, aber Ronja fing genüsslich an die Regentropfen von der Terrassentür zu lecken. Ihr glaubt gar nicht, wie lustig das von drinnen ausgesehen hat. Sauberer sind die Fenster jedoch nicht geworden. Im Gegenteil.

23. Die Schmetterlingsrettung, die keine war

Es war an einem Samstagnachmittag, die Sonne schien und ich war gerade damit beschäftigt auf meiner Terrasse Blumen zu pflanzen als ich ein leises Knurren hörte. Ich drehte mich um und sah Mikesch, die mir durch ihr Knurren unmißverständlich sagen wollte: "Komm mir bloß nicht zu nahe, denn das ist MEINE BEUTE, die mir da aus dem Maul hängt!"

Von weitem konnte ich gar nicht erkennen, was da aus ihrem Maul hing, aber als ich näher kam, sah ich mit Schrecken, daß es ein wunderschöner, bunter Schmetterling war. Wie Superwoman stürzte ich mich auf Mikesch und zog den Schmetterling vorsichtig aus ihrem Maul.

Während ich Mikesch schimpfte und der Schmetterling seine ersten Flugversuche nach der Rettung unternahm, bemerkte ich leider nicht, wie sich Ronja von hinten anschlich und sich auf ihn stürzte.

Noch bevor ich etwas unternehmen konnte, hatte Ronja ihr buntes, leckeres „Schmetterlingsdessert" auch schon verspeist.

Naja als „Superwoman" bin ich wohl nicht so besonders gut geeignet.

24. Abenteuer Waschmaschine

Meine Waschmaschine war von Anfang an ein interessantes Individuum für Ronja und Mikesch. Schon bald nachdem sie eingezogen waren und die erste Wäsche lief, saßen die beiden davor und beobachteten, wie sich die Wäschetrommel drehte und drehte. Mikesch wurde dies bald zu langweilig, aber Ronja wartete ganz gespannt, bis die Wäsche fertig war und ich endlich das Türchen öffnete.

Gerade als ich die Handtücher herausnehmen und zum Trocknen aufhängen wollte, klingelte mein Telefon und so hatte Ronja freie Bahn, die Waschmaschine näher zu inspizieren.

Als mein Telefonat beendet war, befand sich Ronja nicht mehr VOR der Waschmaschine, sondern IN der Waschmaschine inmitten meiner Handtücher. Ich lachte und Ronja maunzte mich an so als würde sie sagen „Cooooooler neuer Schlafplatz und es riecht auch noch so gut."

Schlußwort

Ich hoffe, daß es Euch Spaß gemacht hat, einen kleinen Einblick in unsere Wohngemeinschaft und unser tägliches verrücktes Leben zu bekommen.

Ist es mir gelungen, Euch ein bißchen zum Lachen zu bringen? Seeeehr gut, denn ein Leben mit Samtpfoten ist wirklich sehr lustig.

Ich bin mir jedenfalls sicher: Ein Leben OHNE Stubentiger kommt für mich nicht mehr in Frage. Sie bringen mich zum Lachen, machen mich glücklich, geben mir Liebe und Geborgenheit.